峭公遗子孙诗译注

黄东　黄学佳　译注

南方日报出版社
NANFANG DAILY PRESS
中国·广州

图书在版编目（CIP）数据

峭公遗子孙诗译注 / 黄东，黄学佳译注. -- 广州 ： 南方日报出版社，2020.5
ISBN 978-7-5491-2178-6

Ⅰ. ①峭… Ⅱ. ①黄… ②黄… Ⅲ. ①古典诗歌－诗集－中国－五代 ②家庭道德－邵武－五代 Ⅳ. ①I222.743.1 ②B823.1

中国版本图书馆 CIP 数据核字(2020)第 062145 号

QIAOGONG YI ZISUN SHI YIZHU
峭公遗子孙诗译注

译　　注：黄　东　黄学佳
出版发行：南方日报出版社
地　　址：广州市广州大道中 289 号
出 版 人：周山丹
责任编辑：刘志一　黄敏虹
责任技编：王　兰
装帧设计：陈圆圆
责任校对：肖　颖
经　　销：全国新华书店
印　　刷：广州市岭美文化科技有限公司
开　　本：787mm×1092mm　1/16
印　　张：3.75
字　　数：52 千字
版　　次：2020 年 5 月第 1 版
印　　次：2020 年 5 月第 1 次印刷
定　　价：60.00 元

投稿热线：（020）87360640　读者热线：（020）87363865

序言

揭开峭公“训子诗”的神秘面纱

据《中华姓氏通史》，稍一涉及黄姓家族史，便会惊讶地发现一个十分独特的人物，他虽然名不见经传，事不载史志，但在千千万万的黄姓家族中，其知名度绝不亚于黄歇、黄香、黄庭坚诸辈，可谓家喻户晓，妇孺皆知……他，就是海内外黄姓万派共宗的邵武黄氏大显祖黄峭。

究其原因，流传极广的外八句“认宗诗”是其中最重要的原因之一。虽然各地版本不同，但都大同小异。如《河源双江十大房黄氏族谱》记载为例：“骏马行行出异方，男儿随处立纲常。年深外境犹吾境，日久他方即故乡。早晚莫忘亲命语，晨昏须荐祖宗香。托赖苍天垂庇佑，三七男儿总炽昌。”在古代这八句认宗诗只有黄姓子孙才知道，是黄氏亲缘的“联系密码”。特殊情况下，若子孙分散，则可通过“外八句”来认亲。峭公曾说过，“骨肉亲情，频来而不拒，久间而不疏，凡能背诵我的‘外八句’为我裔，就能念得几句，也是春申君歇公之裔，要升堂接共叙宗情”。笔者认为，峭公在公元951年作出的遣子行动与“认宗诗”，是“敢为先，重开拓”的客家人精神具体表现。因为在当时“父母在，不远游”

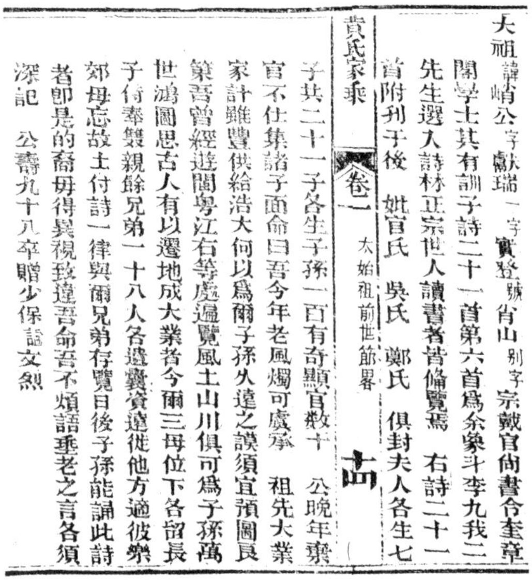
大祖諱峭公字獻瑞一字實登號肖山別字宗戴官尚書令奎章
閣學士其有訓子詩二十一首第六首爲余象斗李九我二
先生選入詩林正宗世人讀書者皆備覽焉　右詩二十一
首附刊于後　妣官氏　吳氏　鄭氏　俱封夫人各生七
黄氏家乘　卷一　太始祖前世節畧　古
子共二十一子各生子孫一百有奇顯官數十　公晚年棄
官不仕集諸子面命曰吾今年老風燭可虞承　祖先大業
家計雖豐供給浩大何以爲爾子孫久遠之謀須宜預圖良
策吾曾經遊閩粵江右等處遍覽風土山川俱可爲子孫萬
世鴻圖思古人有以遷地成大業者今爾三母位下各留長
子侍奉雙親餘兄弟一十八人各遺囊資遠徙他方適彼樂
郊毋忘故土付詩一律與爾兄弟存覽日後子孫能誦此詩
者即是的裔毋得異視致違吾命吾不煩語垂老之言各須
深記　公壽九十八卒贈少保謚文烈

清光绪三年（1877年）版《黄氏家乘》峭公生平简介

及“养儿防老”观念浓厚的封建社会简直是惊世骇俗之举。

《河源双江十大房黄氏族谱》（1993年版）全文收录峭公二十一首“训子诗”，用“十戒”“十一嘱”的方式要求子孙后代遵守儒家文化中的“仁、义、礼、智、信”的规范要求。我酷爱此诗，尤重其文，当作家训，传承后代。然而，这二十一首“训子诗”是否伪作？为什么其他地区的黄氏族谱没有记载？为考证其真伪，历时三十余年，现将考证过程分述如次。

很小的时候，父亲给我讲过这样的故事，峭公是一位传奇式人物，他任唐代宰相（后查明为后唐工部侍郎）时，辞官归隐在福建邵武和平镇。娶官、吴、郑氏三位妻子，各生七子。当时有一奸臣为了陷害他，在皇帝面前告状，说黄峭娶三妻生二十一子想争王夺国，必须斩草除根。幸好峭公为官忠厚，为人低调，待人热情，有一位忠臣旁听后告诉黄峭，峭公立即采取行动，提前过春节，将三妻二十一子叫到堂前，除了面述一首“认宗诗”外，还根据二十一子的优缺点，各人送一首训子诗作为家训，并于春节前安排三妻各房留一长子侍奉老人，将其余十八个儿子遣散各地。春节过后，钦差到邵武核查质问："黄峭你娶三妻生二十一子想造反耶？"峭公从容答曰："老夫命苦，三妻各一子。"钦差大臣进院内查看，院内真的只有三个儿子，便"打马回朝"报告了事。父亲所讲的故事是否真实，有待考证。

1973年我在家乡小学任教，听说有一位宗叔家里还藏有一部旧族谱——民国二十七年（1938年）版《桥头黄氏族谱》，便千方百计借来阅读。读后方知"训子诗"确实存在，我便将其抄录收藏。从旧谱中我还了解到峭公遣子的真正原因。当时他的"三妻二十一子"已生155孙384曾孙，成为历史罕见的大家族。他在广顺元年（951年）正月初二召集亲友及子孙前来，曰："汝等各听吾言，吾今老矣……，虽则目下毋致缺乏，但家口日益增多，供给浩繁、仓库渐虚，何以为子孙计，莫致临时始悟吾生。三妻位下各留长子侍奉，其余十八子俱各迁徙，随处立业。吾将八千贯金银，系二十一子均分。汝等毋忘故土，会诗一律与尔兄弟久迁存阅，日后子孙能记诵此诗者即是嫡裔，毋得视致迁吾命，吾不烦语，垂老之言须谨记"。

1993年，受双江十大房宗亲委托，我担任《河源双江十大房黄氏族谱》的主编。我以民国二十七年（1938年）版《桥头黄氏族谱》为范本，按原体例分房编次，以理顺世系为主，除旧谱全文保留外，还续上旧谱未收录的各房后裔名单。当年冬日，我约汝贤、谷新两位宗长亲往福建省邵武市寻根问祖。通过邵武博物馆馆长的引荐，我们认识了黄承坤会长，在他的指引下祭拜了峭公墓及峭公祠。此行不仅收集了一批珍贵史料，而且还加强了与当地文博部门和宗亲的交流沟通。我们捐资两万元人民币作为启动经费，促使当地重视黄峭文化及文物保护的开发利用，并提出将峭公墓申报为省级文物保护单位，后亦落实。从此，邵武市拉开了成立黄氏峭公后裔联谊会的序幕。

什么原因促使我们父子俩合编这本小册呢？

其一，破解真伪之谜。当年我修谱时，就想将峭公的"训子诗"注释译文。因当时条件所限未能完成，直到2016年我们三房重修《宗礼公族谱》时，我才付诸行动。

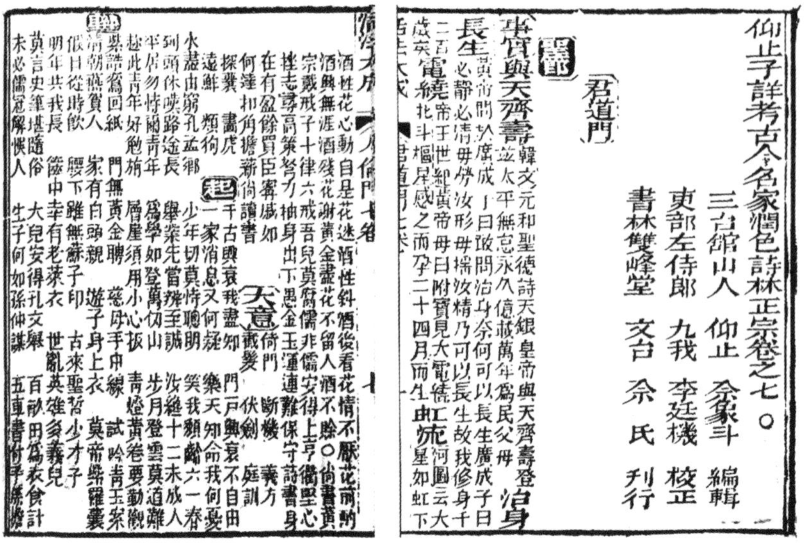
仰止子詳考古今名家潤色詩林正宗卷之七
三台館山人 仰止 余象斗 編輯
吏部左侍郎 九我 李廷機 校正
書林雙峯堂 文台 余氏 刊行

《仰止子详考古今名家润色诗林正宗》卷七人伦门收录峭公训子诗第六首

在译注过程中，我仍怀疑“训子诗”是否峭公所著。因为我查阅邵武大宗谱及几十本各地黄氏族谱都未见收录。为什么我们家乡民国二十七年版族谱会收录呢？特别是“十戒”第六首诗后边加有一行“此首选入诗林正宗”的小字，这八个字的原文注脚引起了我的注意，马上联系在广州工作的次子学佳去省立中山图书馆查阅有无此书此句。学佳很快回复说，查到了《诗林正宗》这套书，书中也有“训子诗”中的第六首诗，但作者不是黄峭，而是黄宗戴。

为此，我便重新查阅家藏的所有版本的黄氏族谱，但都没发现黄宗戴就是峭公的笔名或字号。正在迷茫之际，日新宗长帮我找到一本清光绪三年（1877年）版《黄氏家乘》，因地名沿革变化，现在的河源市东源县双江镇即是清代以前的桥头。这部家乘不但是目前记载峭公“训子诗”的最早存本，还揭开了“训子诗”的神秘面纱。其中明确记载：“大祖讳峭公，字献瑞，一字实登，号肖山，别字宗戴。官尚书令奎章阁学士，其有训子诗二十一首，第六首为余象斗、李九我二先生选入诗林正宗，世人读书者皆备览焉”。真是踏破铁鞋无觅处，得来全不费功夫！由此可以证实，“训子诗”

四房七世祖
誥授奉政大夫任廣西慶遠府同知陞授朝議大夫諱　冕公字
冠之號友鶴　寶公長子生於正統十二年丁卯歲正月十
六日誕成化丁酉科鄉試中式第十名舉人創建河源縣奪
錦坊終於正德元年丙寅歲六月初六日壽六十宏治六年
公以孝廉授廣西慶遠府同知未幾以艱去起復補福建汀
州府同知兼理知府事屬邑武平舊無城池　公設法濬築
人得保聚　公性耿介不受變於俗居官清慎所至有聲二
府民僉德之冢宰考課曰清苦之良吏也　巡撫朱　英賀
公登科詩云　笑折蟾宮桂一枝香清南省鹿鳴時藏修
燈火三冬足際會風雲千載奇春到瓊林鶯送暖韶聞金闕
鳳來儀聖賢事業平生學高遠從今好自期俱載邑誌

黃氏家乘　卷一　七世祖四房　十七

清光绪三年版《黄氏家乘》记载，福建汀州府同知兼理知府事四房七世祖冕公生平

确是峭公所著，且峭公还有一个别字叫黄宗戴。

查《诗林正宗》为明万历二十八年（1600年）书林双峰堂刻本，余象斗主编《仰止子详考古今名家润色诗林正宗》。福建省著名双峰堂古籍出版者肯定比较了解福建的历史名人黄峭（黄宗戴），为什么《诗林正宗》只选二十一首中的第六首呢？既说明该首写得最好，又从中佐证二十一首诗的存在，还给峭公冠上“古今名家”诗人的头衔。

此外，“训子诗”在清光绪三年（1877年）版《黄氏家乘》收录还有一个重要原因，明代十大房中出了个“香清南省”的读书人——四房七世祖黄冕。据《河源县志》记载：黄冕，明成化丁酉科乡试中第十名举人，创建河源县夺锦坊。明弘治六年（1493年）以孝廉授广西庆远府同知，未几复补福建汀州府同知兼理知府事。属邑武平旧无城池，公设法浚筑，人得保聚。公性耿介，不受变于俗，居官清慎，所至有声，二府民并德之。冢宰考课曰：清苦之良吏也。巡抚朱英贺公登科诗云：笑折蟾宫桂一枝，香清南省鹿鸣时。藏修灯火三冬足，际会风云千载奇。春到琼林莺送暖，韶闻金阙凤来仪。圣贤事业平生学，高远从今好自期。由此可见，明代乡贤黄冕在福建任官收录峭公二十一首“训子诗”和《诗林正宗》入选其中第六首合情合理，不可置疑。

目前，二十一首训子诗已选入并悬挂在福建省邵武市黄氏峭公祠堂内。

其二，坚持有错必纠。我在译注过程中发现民国二十七年（1938年）版《桥头黄氏族谱》收录的“训子诗”有多处错误，为了避免以讹传讹，现以清光绪三年（1877年）版《黄氏家乘》为准，予以更正。如“九戒我儿话平常”，更正后“九戒我儿话既残”，与下一句“起家容易守家难”更押韵；“如今少有需陈可”更正为“如今少有雷陈义”更达意，点出了“胶漆自谓坚，不如雷与陈”的典故。而第六首则选用《诗林正宗》版本。

在注释方面，我尽量查找训子诗的故事出处，如“虞舜耕田”“仲由负米”“汤盘”“买臣宁戚”“挂角负薪”等，讲清典故并译出原文，对于诗中一些不常用的疑难字句配上拼音，如蓼（lù）、莪（é）、誾誾（yín）等。

其三，弘扬家训文化。家训是中国传统文化，是否重视家训文化，直接影响每个家庭的家风家教。《礼记·大学》中说，所谓治国必先齐其家者，其家不可教而能教人者，无之。峭公训子诗就是“注重家庭，注重家教，注重家风”的直接体现。受父亲的影响，我从小就喜欢峭公的外八句认宗诗及二十一首训子诗，特别是次子学佳，从小喜欢书法，我就引导他勤加临习。1995年，他用宣纸将训子诗写成六米长卷《黄氏家训》，并自己动手装裱挂在客厅墙上，该作品后被选入《中国当代青少年书画家》一书，2014年旧室拆迁，该作品辗转收藏于河源客家民俗博物馆。目前，六米长卷《黄氏家训》已重写重刻挂于新居客厅，以作教育子孙的永久教材。

出版这本小册子，次子学佳建议将峭公的训子诗用手札的方式出版，并重新抄写一遍，我认为很有家书的味道，家训文化与书法文化相得益彰。我家四代同堂，代代以此家训（训子诗）做人做事，受益匪浅。我已享受到父母疼爱、妻贤子孝、孙辈乖巧的天伦之乐。我坚信，只要人人都重视家训文化，家家都会幸福美满，振

黄东父子摄于广东省立中山图书馆特藏部

兴家国的梦想一定会实现。

峭公的学问，我高山仰止；峭公的品德，我敬慕钦仰。纵观训子诗全文，虽然以传统手法，从诗中我们还可感觉到峭公的人格魅力，谦和慈祥，淡泊名利，虚怀若谷，包容无际。他的好恶、感情、立场、取向淋漓尽致，溢于言表。

我为峭公的训子诗译注作序，未免惴惴不安。为弘扬峭公的家训文化，让峭公的训子诗流布更广，为今后各地宗亲修谱时收录训子诗，让更多的人所知晓，思虑再三，鼓起勇气，写了一点学习心得。谨以我的这点儿心得，如作业卷呈给九泉之下的峭公，望老祖宗不以为忤，能够海涵。

黄东

2020年春于河源雅乐苑

目录

认宗诗 / 2

训子诗·十戒 / 4

训子诗·十一嘱 / 24

后记 / 46

傳家姓字香一面威風休使盡十分見識莫稱強英雄多少
埋黃壤只怕世人說短長
十二囑兒族衍蕃弟兄伯叔及元孫水流萬派同源脉樹木
千枝共本根出入言談休犯上往來動止要謙尊一門遜順
徵和藹宗祖維城爲古存

十三囑兒要老成爲人心愛秉公平親朋有患相扶助鄰里
無錢莫却情和氣一團眞是好忍心百耐寔爲榮古人遺下
千金語直道而行禍不生
十四囑兒出外時爲人切莫討便宜肩挑貿易財須讓車叟
相交理勿欺鳥宿投林先覓早雞鳴上路莫眈遲終身體看
詩言語行遍天涯總不危
十五囑兒莫宴安爲人度量總宜寬家庭有酒須招客囊裡
無錢莫結官鄰里高低當遜讓親朋貧富要盤桓樂天聽命
常知足三戒順時可靜觀
十六囑兒莫鬭爭立身忍耐重如城糧田遺世難長享書禮

傳家得美名萬善俱望兒法守百行勿負我心情如今仔細
尋思看檢點勤勞度一生
十七囑兒要審時一斟一酌莫糊爲人心暗似匣中劍世事
危如局內棋志氣當遵長友諫行藏莫說匪交知如今少有
雷陳義結納無錢各別離
十八囑兒守分過人生切莫似嘍囉酒逢知己千杯少話不
投機半句多有福恰如造化日無緣空費普奔波是非只爲
多開口禍惹臨身怎奈何
十九囑兒性莫偏人生常念受歸全遇寒須取毛裘服卻暑
還當竹簟眠立志惟存忠孝節終身只望子孫賢我兒克承

儒家業父子恩情百世緣
二十囑兒話已酸我兒切莫做無端三思到底諸般穩一錯
捫心百事難淡泊困窮無怨恨貪婪瞞昧失忠肝損人利己
終無益本分生涯耐歲寒
廿一囑兒話已完大家休廢我田園錢糧照數先投割租稅
依期早納官父母劬勞山岳重夫妻恩愛海情寬筆端難寫
平生語千句拿來一句言

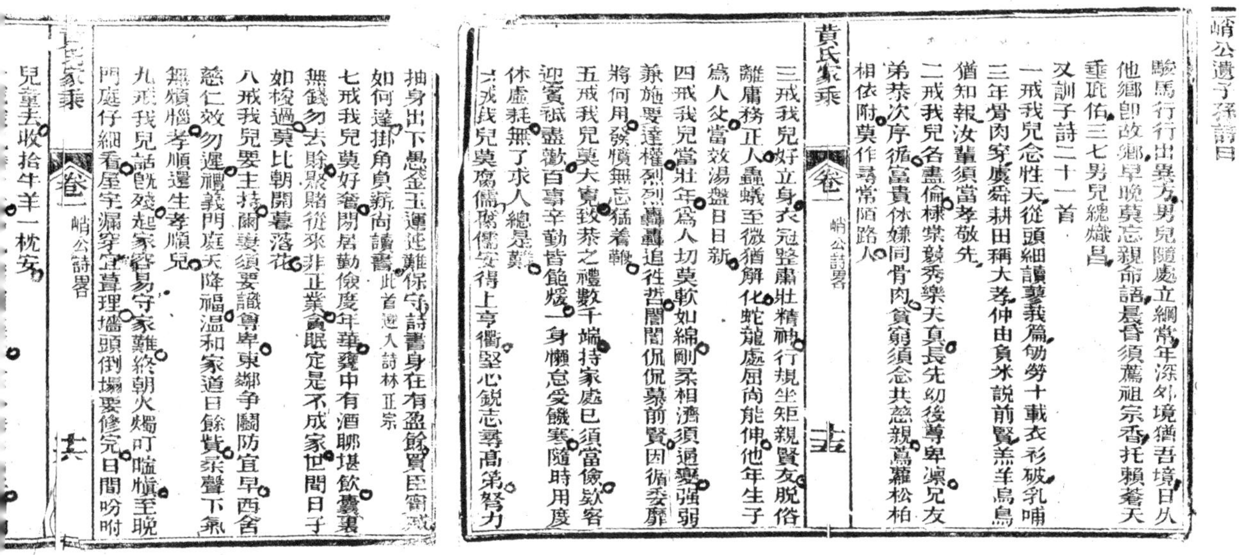

峭公遺子孫詩曰
駿馬行行出異方男兒隨處立綱常年深外境猶吾境日久
他鄉即故鄉早晚莫忘親命語晨昏須薦祖宗香托賴蒼天
垂庇佑三七男兒總熾昌
又訓子詩二十一首
一戒我兒念性天從頭細讀蓼莪篇劬勞十載衣衫破乳哺
三年骨肉穿虞舜耕田稱大孝仲由負米說前賢羔羊烏鳥
猶知報汝輩須當孝敬先
二戒我兒名盡倫棣棠競秀樂天真長先幼後尊卑凜兄友
弟恭次序循富貴休嫌同骨肉貧窮須念共慈親蔦蘿松柏
相依附莫作尋常陌路人

黃氏家乘　卷一　峭公詩畧　十五

三戒我兒好立身衣冠整肅壯精神行規坐矩親賢友脫俗
離庸務正人蟲蟻至微猶解化蛇龍處屈尚能伸他年生子
為人父當效湯盤日日新
四戒我兒當壯年為人切莫軟如綿剛柔相濟須通變強弱
兼施要達權烈烈轟轟追往哲誾誾侃侃慕前賢因循委靡
將何用發憤無忘猛着鞭
五戒我兒莫大寬致恭之禮數千端持家處已須當儉款客
迎賓祇盡歡百事辛勤皆飽煖一身懶怠受饑寒隨時用度
休虛耗無了求人總是難
六戒我兒莫腐儒儒家安得上亨衢堅心銳志尋高第努力
抽身出下愚金玉運迍難保守詩書身在有盈餘買臣貧賤
如何達掛角負薪尚讀書此首選入詩林正宗
七戒我兒莫好奢閑居勤儉度年華甕中有酒聊堪飲囊裏
無錢勿去賒聚賭從來非正業貪眠定是不成家世間日子
如梭過莫比朝開暮落花
八戒我兒要主持爾曹須要識尊卑東鄰爭鬬防宜早西舍
慈仁效勿遲禮義門庭天降福溫和家道日餘貲粢聲下氣
無煩惱孝順還生孝順兒
九戒我兒話既殘起家容易守家難終朝火燭叮嚀慎至晚
門庭仔細看屋宇漏穿宜葺理牆頭倒塌要修完日間吩咐
兒童去收拾牛羊一枕安

黃氏家乘　卷一　峭公詩畧　十六

清光绪三年版《黄氏家乘》峭公遗子孙诗原稿影印

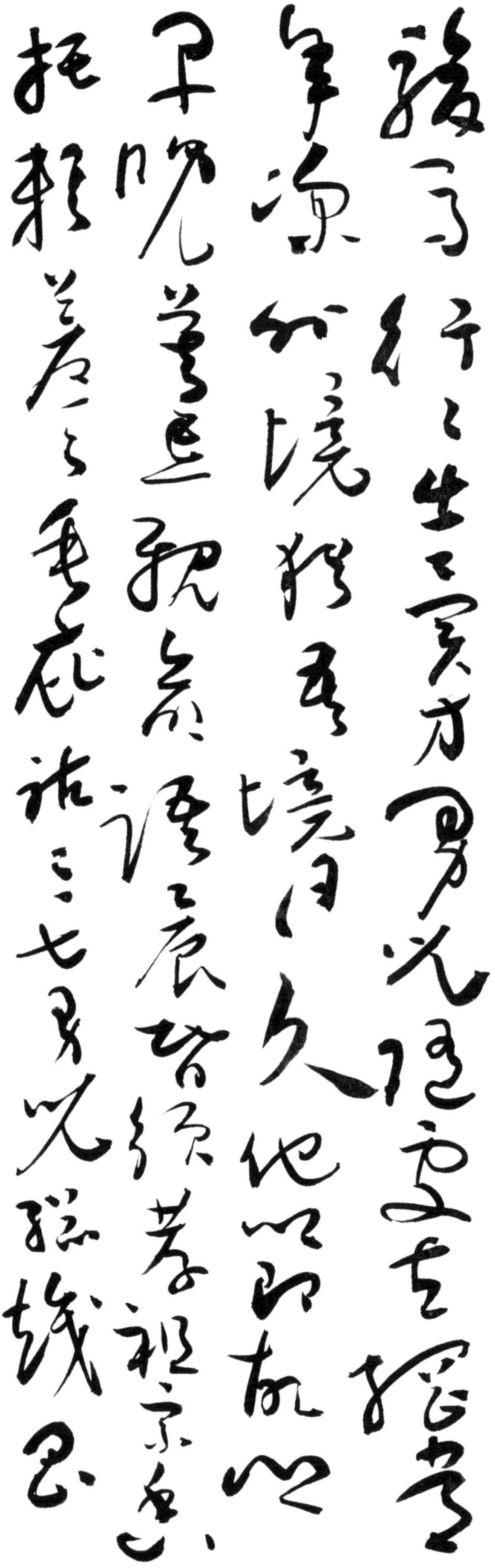
骏马行行出异方
男儿随处立纲常
年深外境犹吾境
日久他乡即故乡
早晚莫忘亲命语
晨昏须荐祖宗香
但愿苍天垂庇祐
三七男儿总炽昌

骏马行行出异方，
男儿随处立纲常。
年深外境犹吾境，
日久他乡即故乡。

早晚莫忘亲命语，
晨昏须荐祖宗香。
托赖苍天垂庇佑，
三七男儿总炽昌。

【译文】

你们个个都像一匹跑得快的好马，今天在堂前聚集后，除了三位妻子各留长子外，其他十八人就要离开父母到别的地方。希望你们无论到什么地方，都要承担责任，遵守“三纲五常”。因为随着时间的推移，你们落居的地方，自然就会变成自己的故乡。也希望你们早晚记住我的家训和祭祀祖先之事，以期苍天保佑，我三妻二十一子房房开枝散叶，代代繁荣昌盛。

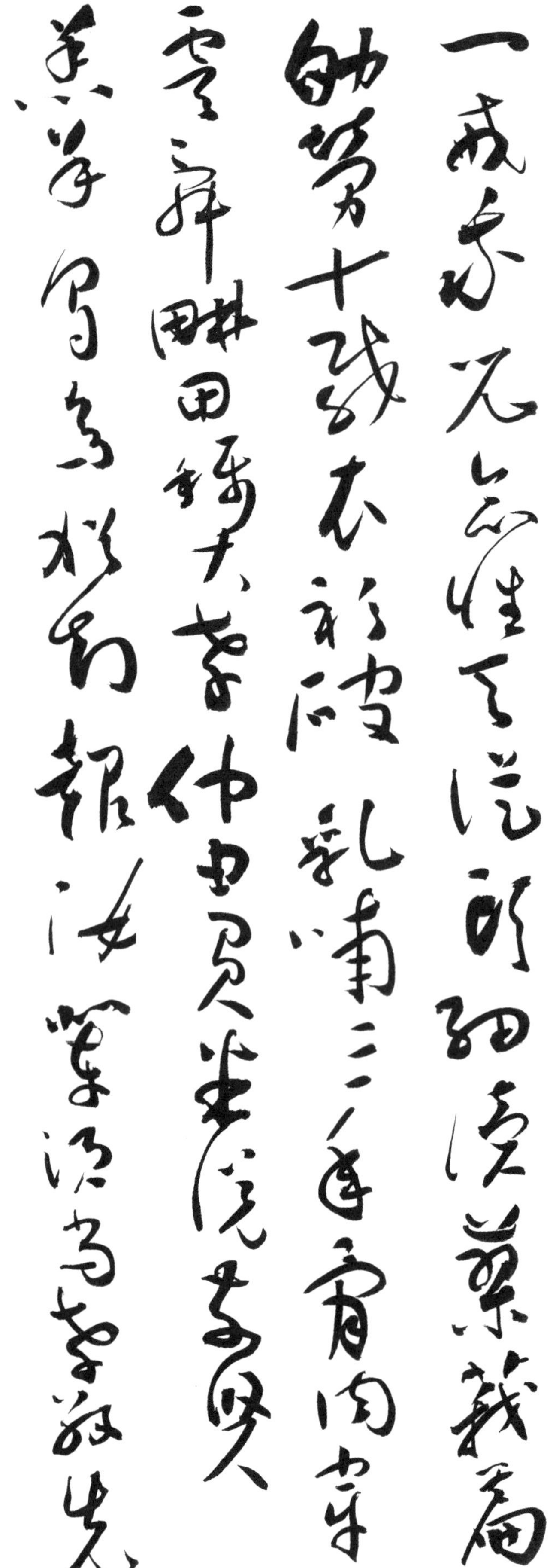

一戒[1]我儿念性天[2]，
从头细读蓼莪[3]篇。
劬劳[4]十载衣衫破，
乳哺三年骨肉穿。

虞舜耕田[5]称大孝，
仲由负米[6]说前贤。
羔羊乌鸟犹知报，
汝辈须当孝敬先。

【译文】

一要告诫你们常常想起人性和天命，要学习《诗经》中的《蓼（lù）莪（é）》篇，代代记住父母养育之恩，以天下二十四孝典范虞舜、仲由为榜样。因为连羔羊都有跪乳之恩，鸦乌都有反哺之义，所以，你们首先要记住孝敬父母、报答父母。

【注释】

① 戒：告诫。

② 性天：天性，谓人得之于自然的本性。

③ 蓼莪：《蓼莪》出自《诗经》，全诗以充沛情感表现孝敬父母之美德。

④ 劬劳：劳苦，指父母抚养儿女的劳累。

⑤⑥ 虞舜耕田、仲由负米：出自《二十四孝》孝感动天、百里负米。

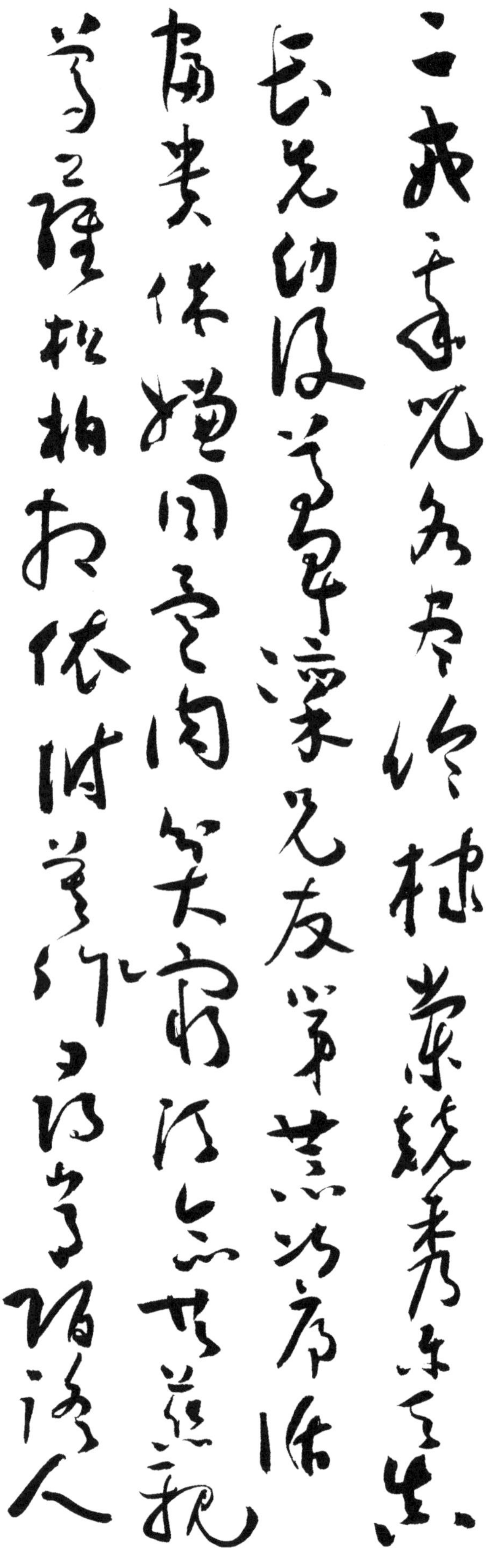

二戒我儿各尽伦，
棣棠竞秀[1]乐天真。
长先幼后尊卑凛[2]，
兄友弟恭次序循[3]。

富贵休嫌同骨肉，
贫穷须念共慈亲。
茑萝松柏[4]相依附，
莫作寻常陌路人。

【译文】

二要告诫你们要懂得辈分，兄弟可以互相比美快乐和享受童年乐趣，但要按照辈分持事敬之，无论你们今后富贵贫贱，都要知道彼此是同父同母的骨肉兄弟。植物都会寄生在松柏树上长大，千万不要把亲兄弟当作不认识的过路人。

【注释】

① 棣棠竞秀：出自《幼学琼林》，“兄弟联芳，谓之棠棣竞秀”。

② 凛：严肃。

③ 循：遵守。

④ 茑萝松柏：出自《诗经》，“茑为女萝，施于松柏”，意喻兄弟亲戚相互依附。

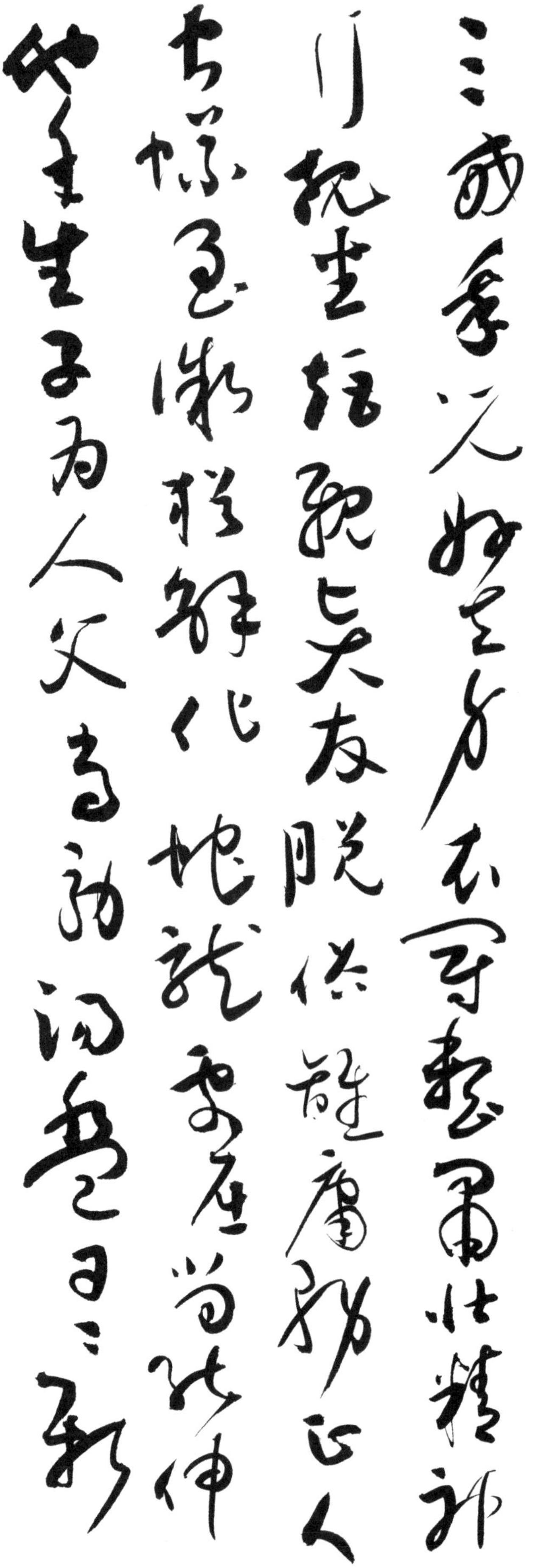

三戒我儿好立身，
衣冠整肃壮精神。
行规坐矩亲贤友，
脱俗离庸务正人。

虫蚁至微犹解化，
蛇龙处屈尚能伸。
他年生子为人父，
当效汤盘日日新①。

【译文】

三要告诫你们学好为人处世的品德，出门要注意自己的衣冠和形象。言行举止都要按规矩严格要求自己，特别是在亲人朋友面前要更加注意，必须丢掉不良习好和低级趣味的平庸鄙陋，才能做一个正人君子。虫蚁这一极细微的物类却懂得领悟和变化，蛇龙处屈能弯曲也能伸直，因此，就算日后你们生子为人父，也应当效仿成汤时刻提醒自己及时反省，不断革新。

【注释】

① 出自《礼记·大学》，“汤之盘铭曰：苟日新，日日新，又日新。”孔颖达疏：“汤之盘铭者，汤沐浴之盘而刻铭为戒。必於沐浴之者，戒之甚也。”后以“汤盘”为自警之典。

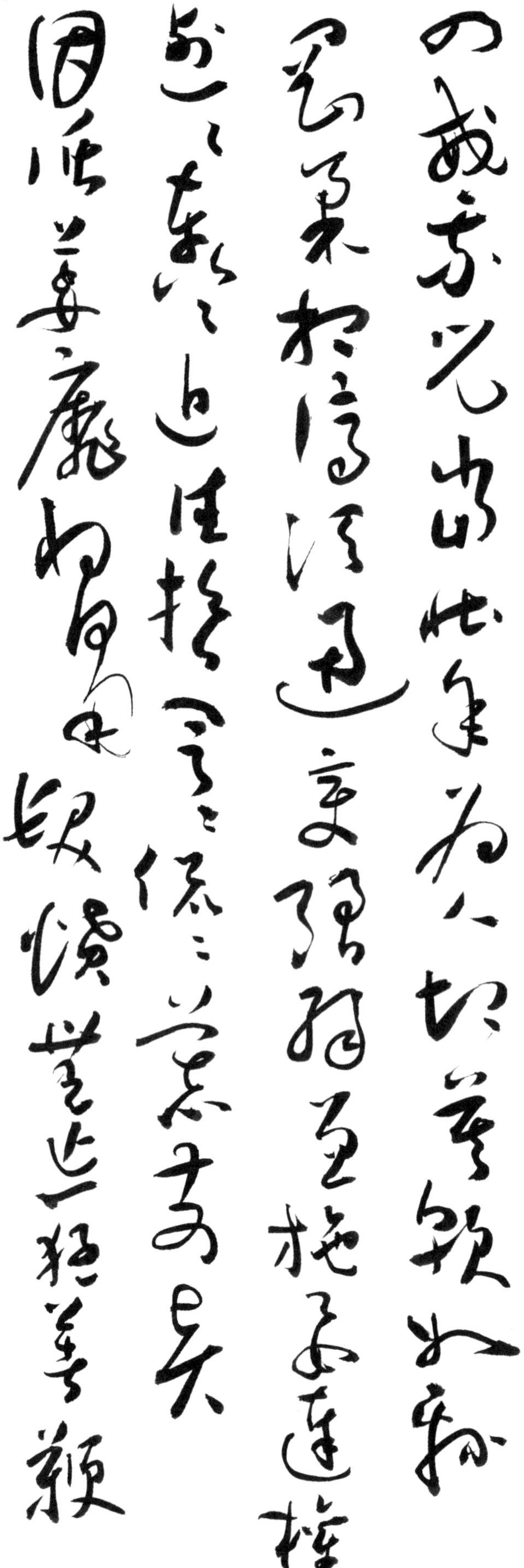

四戒我儿当壮年，
为人切莫软如绵。
刚柔相济须通变，
强弱兼施要达权[①]。

烈烈轰轰追往哲，
訚訚侃侃[②]慕前贤。
因循萎靡将何用，
发愤无忘猛着鞭。

【译文】

四要告诫你们现在正值壮年，做人做事不要软弱无能，刚强和柔和要相互补充，不要拘常规，适时变通。同时要使用各种手段或办法通晓权宜，随机应变，大胆追求和宣传先哲贤人的境界，理直气壮地说话，太保守将会一事无成，只有快马加鞭方能成功。

【注释】

① 达权：通晓权宜，随机应对。

② 訚訚侃侃：訚訚（yín），说话和争辩时正直而和蔼的样子。侃侃，理直气壮、从容不迫地说话。

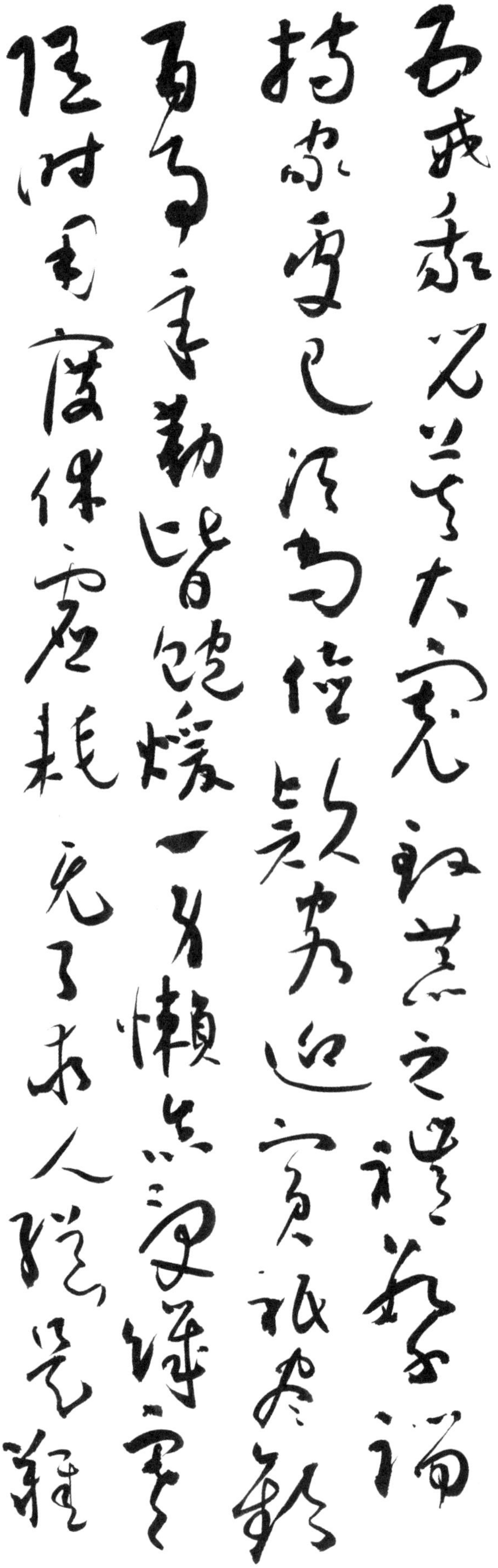

五戒我儿莫大宽，
致恭之礼数千端。
持家处已须当俭，
欵[①]客迎宾祇尽欢。

百事辛勤皆饱煖[②]，
一身懒怠受饥寒。
随时用度休虚耗，
无了求人总是难。

【译文】

五要告诫你们对待生活不要太过放宽，各种礼节千头万绪都要做到谦虚谨慎。要想家和万事兴，必须勤俭节约，但对待客人一定要热情大方，只有这样大家才会尽其欢乐。无论干什么事，勤学苦练，就会有收获。如果一生懒怠，则会一事无成，甚至饥寒交迫，另外要学会计划开支和积蓄财富，因为自己没有一点积蓄，求人借贷时就知道有多困难了。

【注释】

① 欵：同“款”。

② 煖：同“暖”。

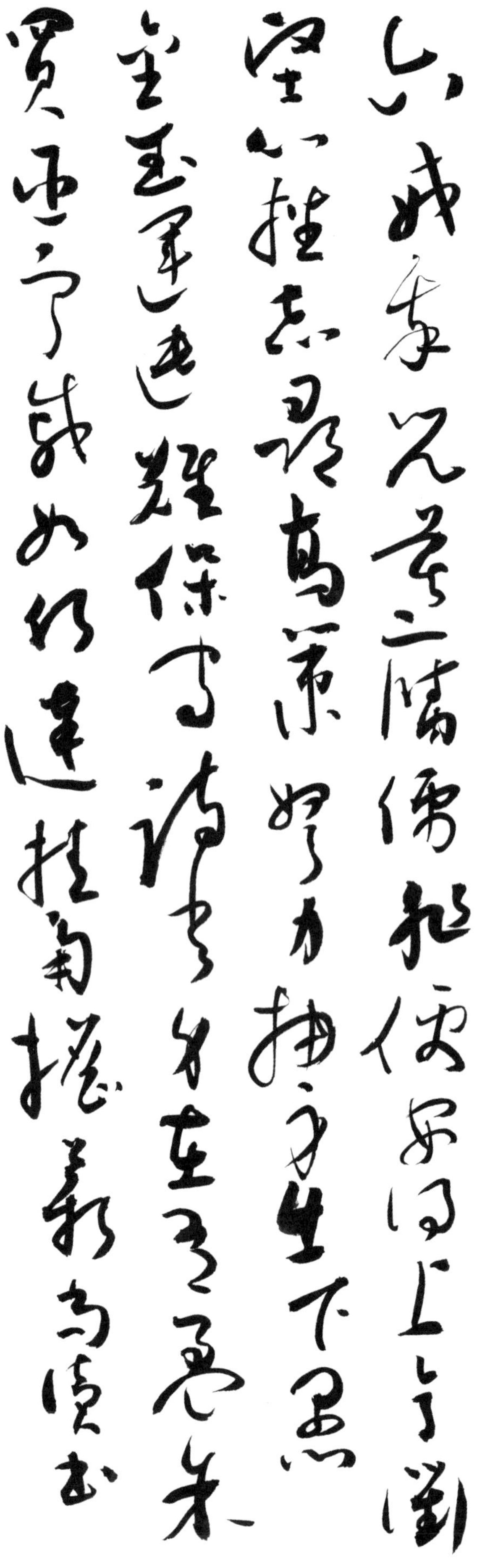

六戒我儿莫腐儒，
非儒安得上亨衢。
坚心挫志寻高策，
努力抽身出下愚。

金玉运迍①难保守，
诗书身在有盈余。
买臣宁戚②如何达，
挂角③担薪尚读书。

【译文】

六要告诫你们莫做读书却不明白事理的人。因为书呆子不会变通，到头来只会穷困潦倒，不能通达、受人尊敬。只有坚定心志，寻找良师，刻苦努力，方能成为高才生。世间金玉珍宝虽然令人向往却难保存，唯有读书学到真本领，人生才会丰富精彩，游刃有余。朱买臣、宁戚出身低微如何能成为大人物？是如李密一样放牛仍不忘读《汉书》般崇尚读书来实现的。

【注释】

① 运迍（zhūn）：蛊惑，诱惑。

② 买臣：朱买臣。经常背负柴薪讴歌道中，至五十岁才拜为会稽太守。宁戚：出身微贱，曾为人挽车喂牛。后齐桓公拜为大夫。

③ 挂角：典出《李密挂角》，隋朝李密将《汉书》挂在牛角上，抓紧时间读书。

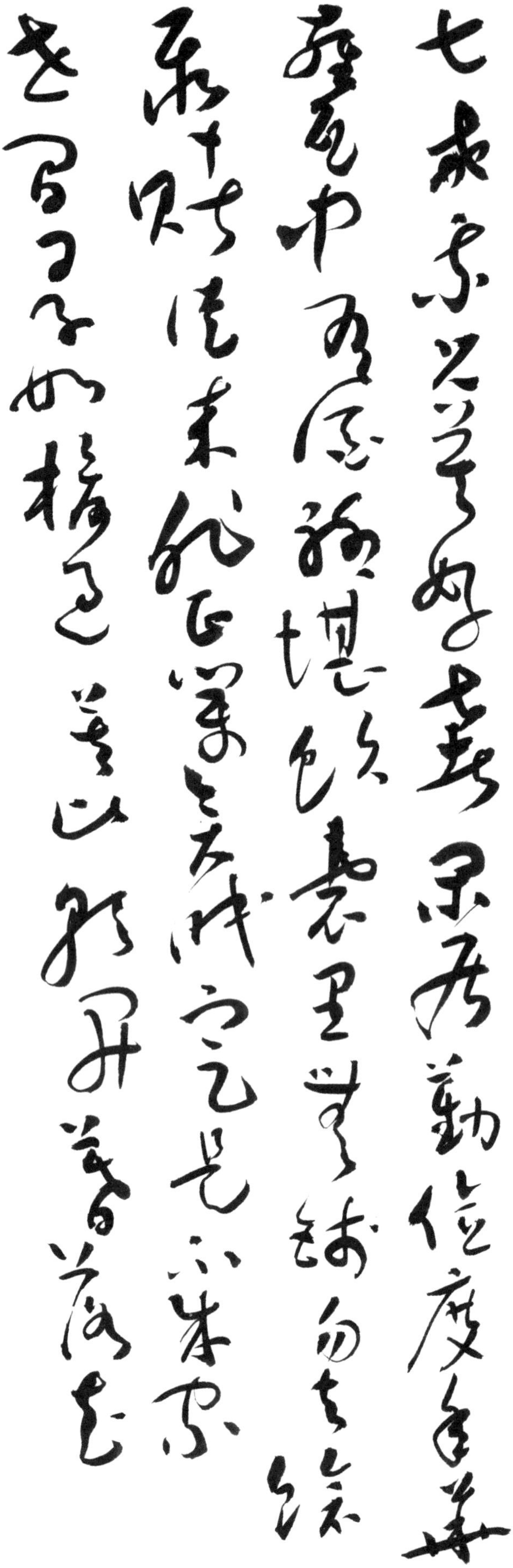

七戒我儿莫好奢，
闲居勤俭度年华。
瓮中有酒聊堪饮，
囊里无钱勿去赊。

聚赌从来非正业，
贪眠定是不成家。
世间日子如梭过，
莫比朝开暮落花。

【译文】

七要告诫你们用钱不能没有节制，间杂相居全靠勤俭持家。家里有酒可以喝一点，口袋无钱莫去赊，因为越赊越多，债台高筑还不起就会干坏事，特别是赌博绝对不能沾，另外贪睡的懒人也难成家立业。人生短暂，时间如穿梭而过，如果不勤俭努力，就会像木槿花一样，朝开暮落。

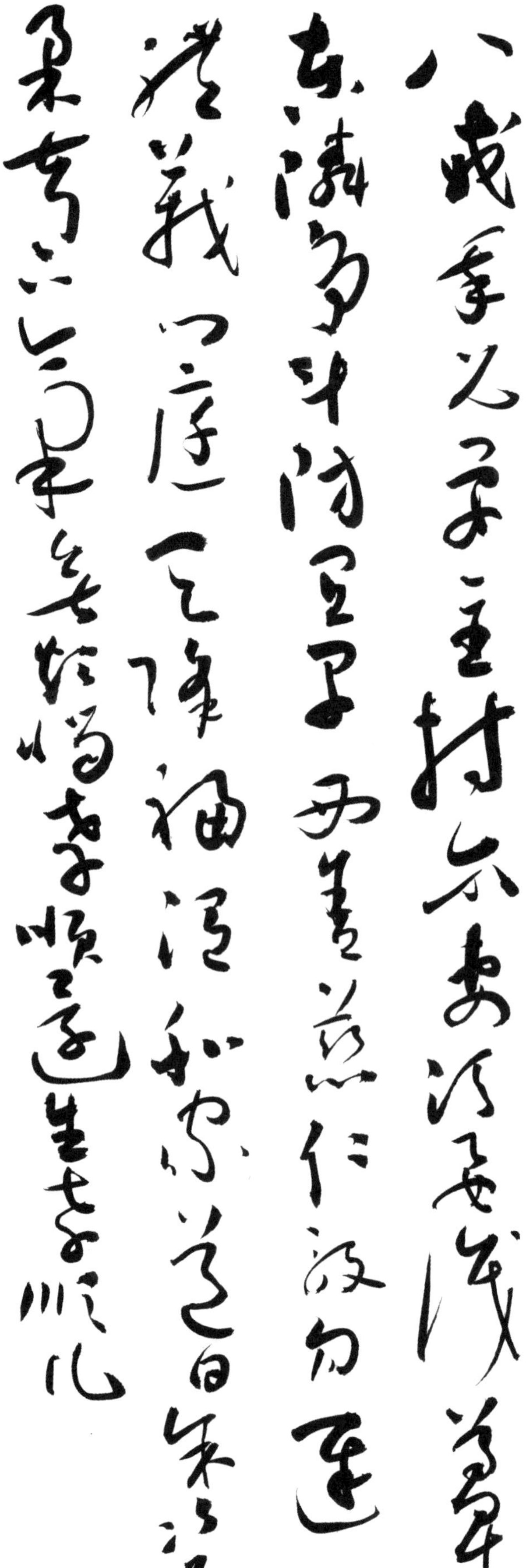

八戒我儿要主持，
尔①妻须要识尊卑。
东邻争斗防宜早，
西舍慈仁效勿迟。

礼义门庭天降福，
温和家道日余赀②。
柔声下气无烦恼，
孝顺还生孝顺儿。

【译文】

八要告诫你们要有主意，特别要教育妻子知道长辈和晚辈之分，左邻右舍争斗应及早预防，慈善仁爱之事不能等，讲究礼节天会降福，温柔平和待人生活就充足有余。低声下气低调做人会减少很多烦恼，凡是有爱敬天下、顺天下人之心的美德，就会代代孝顺父母。

【注释】

① 尔：你。

② 赀：同“资”。

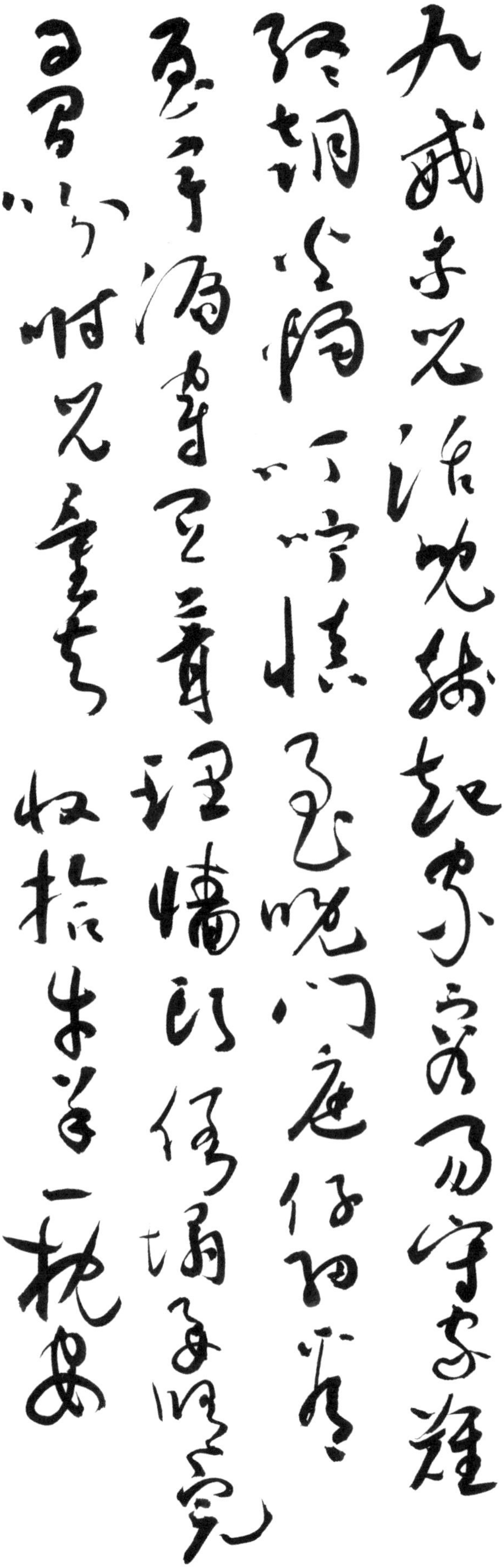

九戒我儿话既残，
起家容易守家难。
终朝火烛叮咛慎，
至晚门庭仔细看。

屋宇漏穿宜葺理，
墙头倒塌要修完。
日间吩咐儿童去，
收拾牛羊一枕安。

【译文】

九要告诫你们我讲的话已差不多，发家致富比较容易，但要想守住家业就比较艰难。早晚要注意防火防盗，房屋漏水要及早修理，围墙倒塌要修理完好。白天安排小孩放牛放羊，晚上将牛羊关好才能安心睡觉。

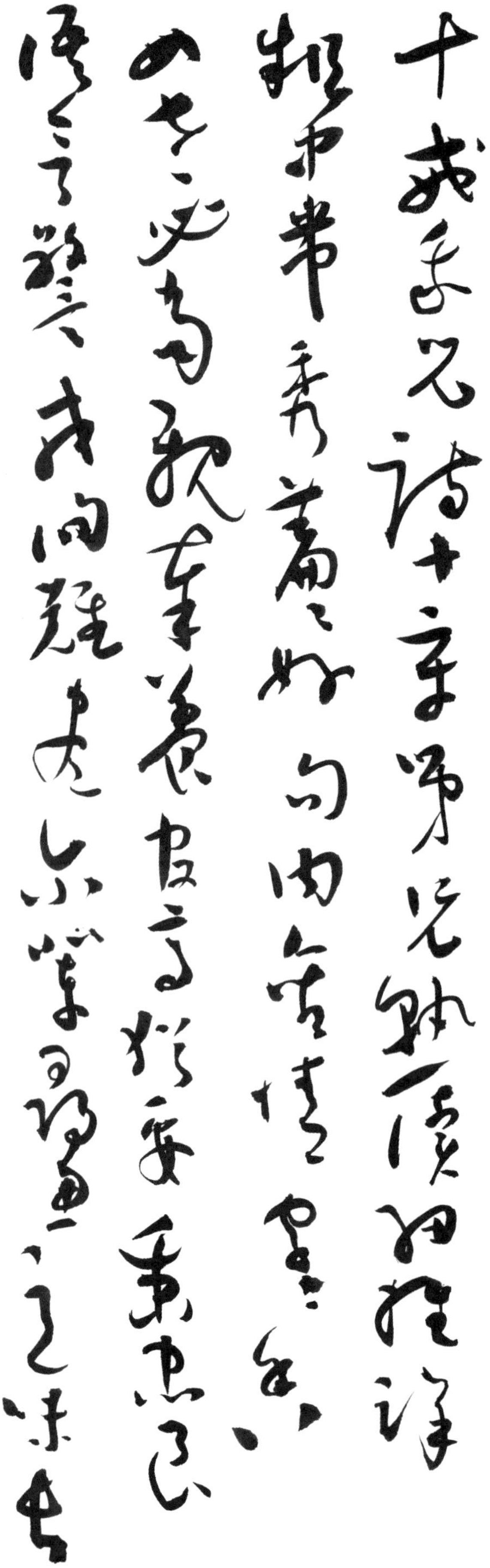

十戒我儿诗十章，
弟兄熟读细推详。
粗中带秀篇篇好，
句内含情字字香。

母老必当亲奉养，
官高犹要秉忠良。
语言警戒洵难尽，
尔辈寻思意味长。

【译文】

十要告诫你们我的诗已写到十首，古人造字原为音十为章，你们要熟读并且详细推究。我的诗虽然不精比较粗糙，但句句含情字字香。养儿防老，你们母亲老了一定亲自奉养，做官越高越要秉公执法，忠诚善良。语言警戒实在一言难尽，你们心里慢慢琢磨，便会明白为父的教育意义。

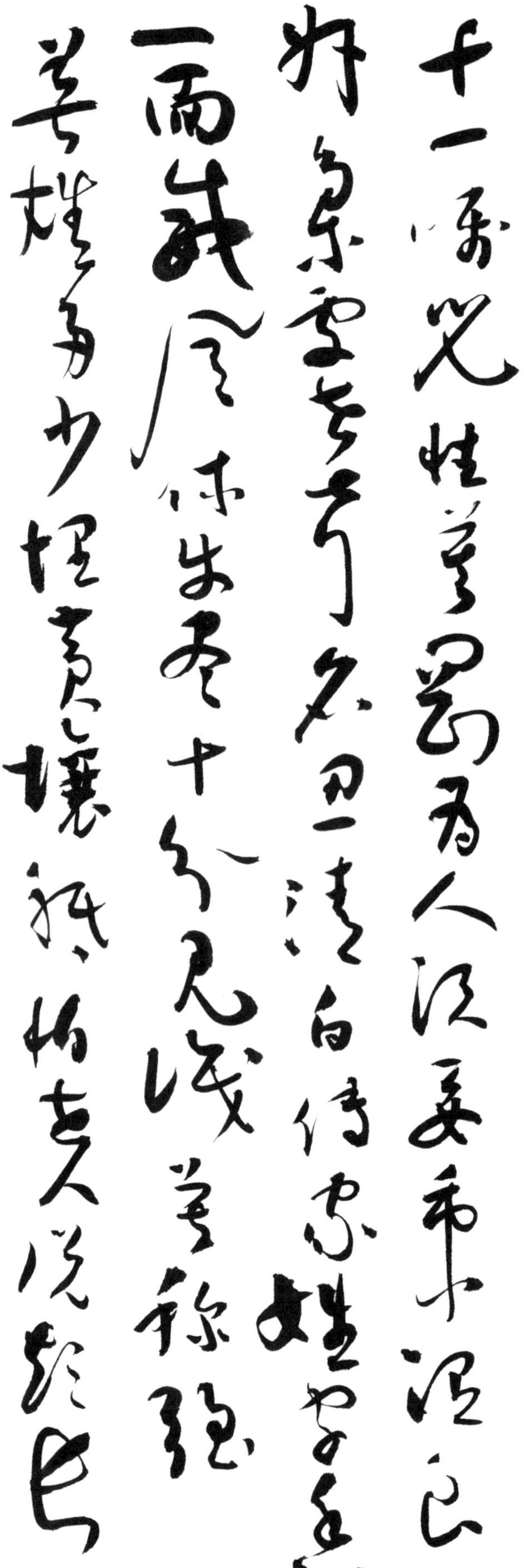

十一嘱儿性莫刚，
为人须要秉温良。
奸枭处世声名丑，
清白传家姓字香。

一面威风休使尽，
十分见识莫称强。
英雄多少埋黄壤，
只怕世人说短长。

【译文】

十一嘱咐你们性情莫刚愎自用，过于任性。做人必须主持公道，温和善良。凡是奸诈、凶恶的人，名声丑恶，得人讨厌。如果清白做人，代代相传，不但姓香名也香。自己最有能力，受人敬畏，也不要全部显露，就算自己有十分见识也不要在别人面前称强称霸。历史上有多少英雄死后还被世人说长说短。

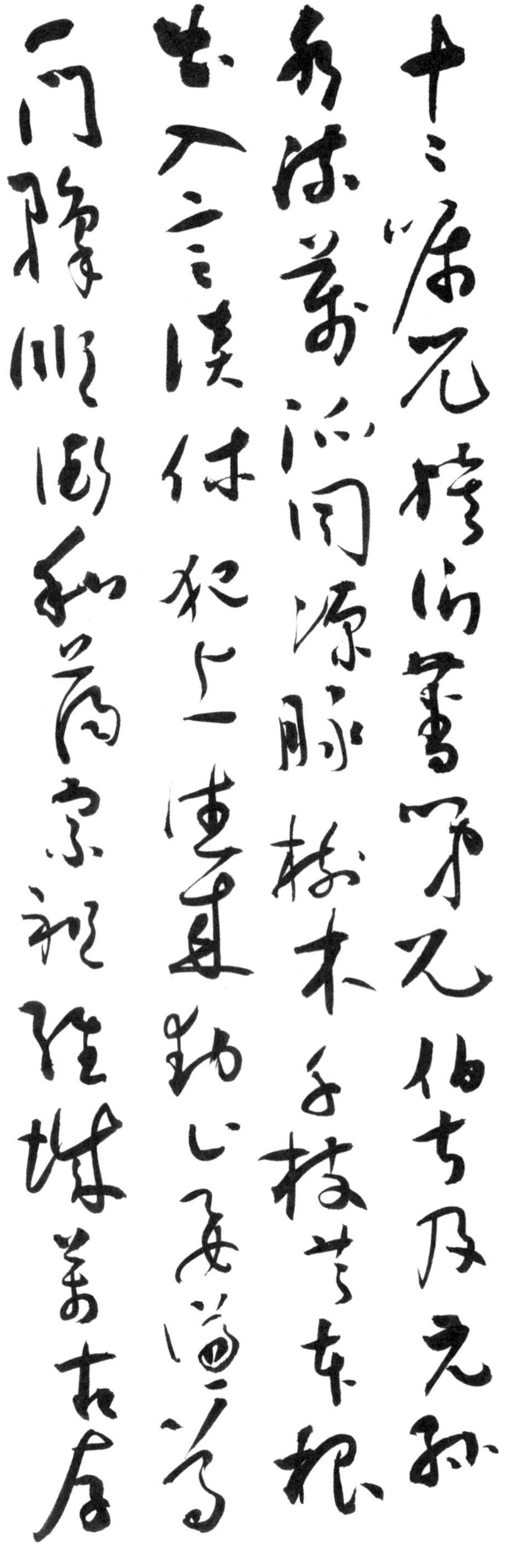

十二嘱儿族衍蕃，
弟兄伯叔及元孙。
水源万派同源脉，
树木千枝共本根。

出入言谈休犯上，
往来动止要谦尊。
一门豫顺[1]征和蔼，
宗祖维城[2]万古存。

【译文】

十二嘱咐你们要知道黄姓家族繁盛众多，各房儿孙枝叶繁发，如同水源的支流一样都有始源之脉。也同树上千枝共根一样的道理，你们永远要知道寻根问祖。另外，你们进出交谈不要做出冒犯长辈或上级的事情，与人交往言行举止都要谦虚谨慎，互相尊敬。只有这样，我族安乐和顺，祖宗遗产就会万古留存。

【注释】

① 豫顺：安乐和顺。豫，《周易》第十六卦。随顺物性，志运而欢愉。《彖》曰，豫，刚应而志行，顺以动，豫。

② 宗祖维城：出自《诗经·大雅》，“大邦维屏，大宗维翰，怀德维宁，宗子维城。”意思是说，诸侯是国家的屏障，大宗是国家的主干，怀德是国家平安的保证，同姓是国家的城垒。

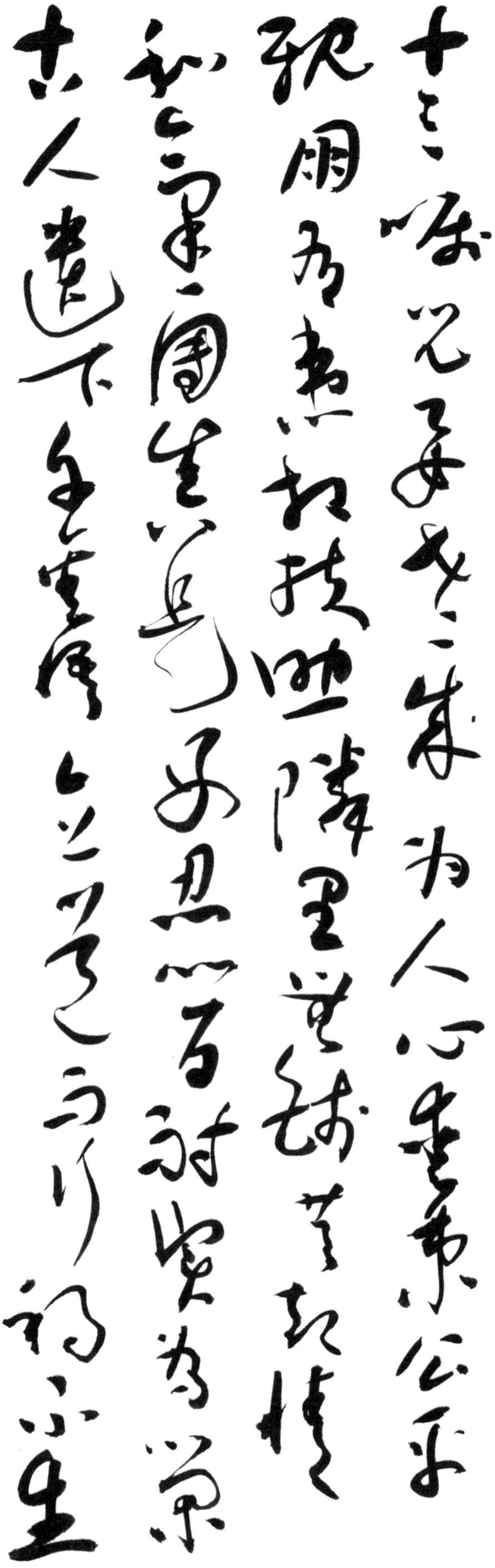

十三嘱儿要老成，
为人心爱秉公平。
亲朋有患相扶助，
邻里无钱莫却情。

和气一团真是好，
忍心百耐实为荣。
古人遗下千金语，
直道而行祸不生。

【译文】

十三嘱咐你们做人做事要老成，为人处世要有爱心和公平公正。亲戚朋友有患难要积极扶助，邻居借钱不要推托而断交情。因为和气团结大家好，忍得一时之气，免得百日之忧，这是古人遗下的千金难买的名言，只有记住这些道理，走正道，不走邪道，就可以逢凶化吉，一生平安。

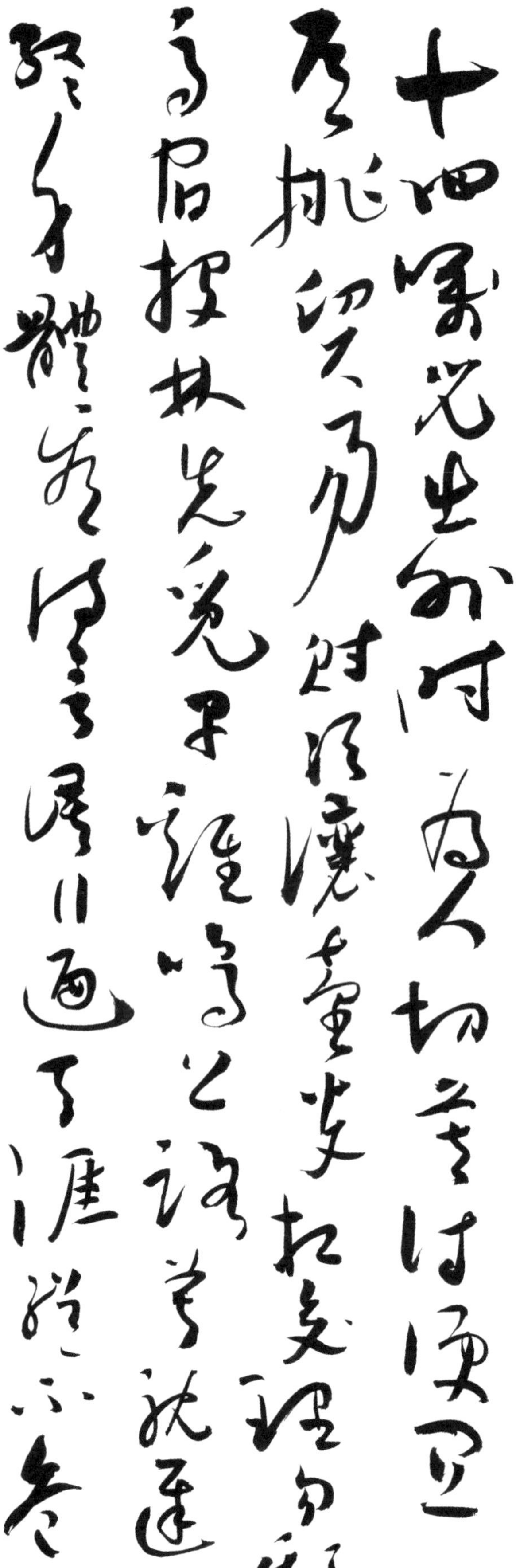

十四嘱儿外出时，
为人切莫讨便宜。
肩挑贸易财须让，
童叟相交理勿欺。

鸟宿投林先觅早，
鸡鸣上路莫耽迟。
终身体看诗言语，
行遍天涯总不危。

【译文】

十四嘱咐你们外出时，千万不要贪小便宜，做生意要懂得让利，君子爱财，取之有道。遇到老人小孩与你交易都不能欺骗。另外，凡事早立，鸟晚上在林里投宿都要早点寻找宿营地，天亮早点出门赶路，不要贪睡误事。一生经常看这些诗训，走遍天下都不会出现危险。

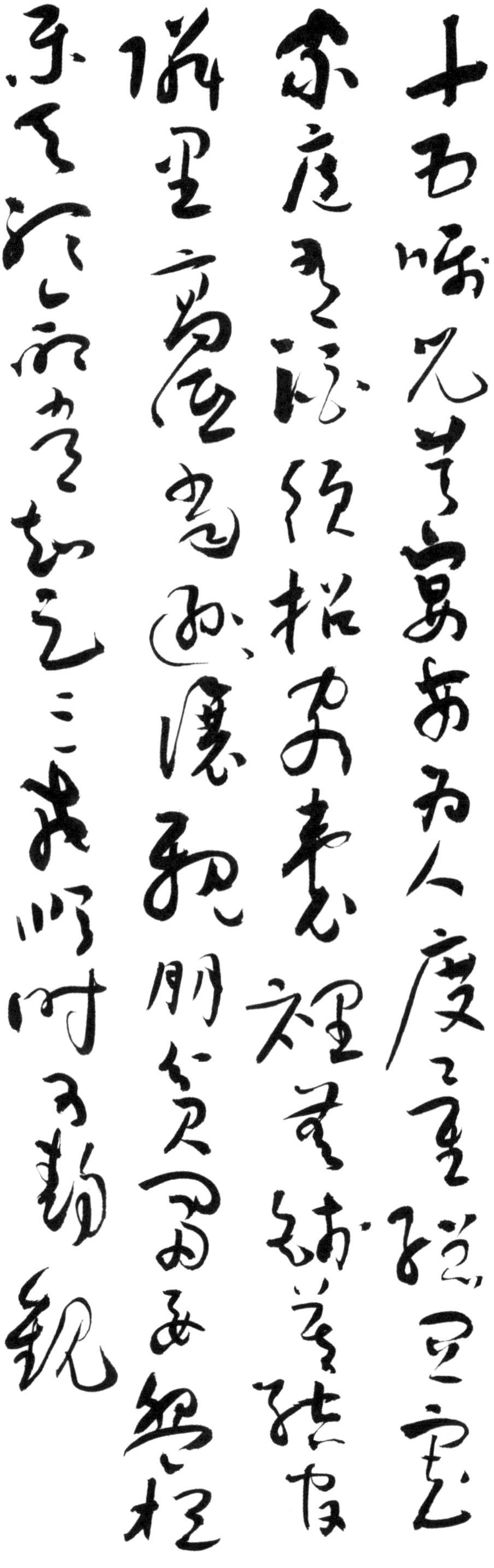

十五嘱儿莫宴安①，
为人度量总宜宽。
家庭有酒须招客，
囊里无钱莫结官。

邻里高低当逊让，
亲朋贫富要盘桓②。
乐天听命常知足，
三戒③顺时可静观。

【译文】

十五嘱咐你们莫贪图安逸享乐，因为这样如同饮毒酒自杀一样致命。做人要宽宏大量，待人要胸怀宽阔，家里有酒要留着招待客人，不要自己独自饮完，袋里无钱不要巴结做官的人。邻居不分高低都要和气礼让，亲戚朋友不管贫富，都要交往好。乐于顺应天命的人，经常知足，顺时戒除三种宜加警惕行为的人，可以审时度势，笑看人生。

【注释】

① 宴安：“宴安鸩毒”讲，贪图安逸享乐如同饮毒酒自杀一样有害。比喻耽于逸乐而杀身。

② 盘桓：周旋，交往。

③ 三戒：戒大怒、戒大欲、戒大醉。

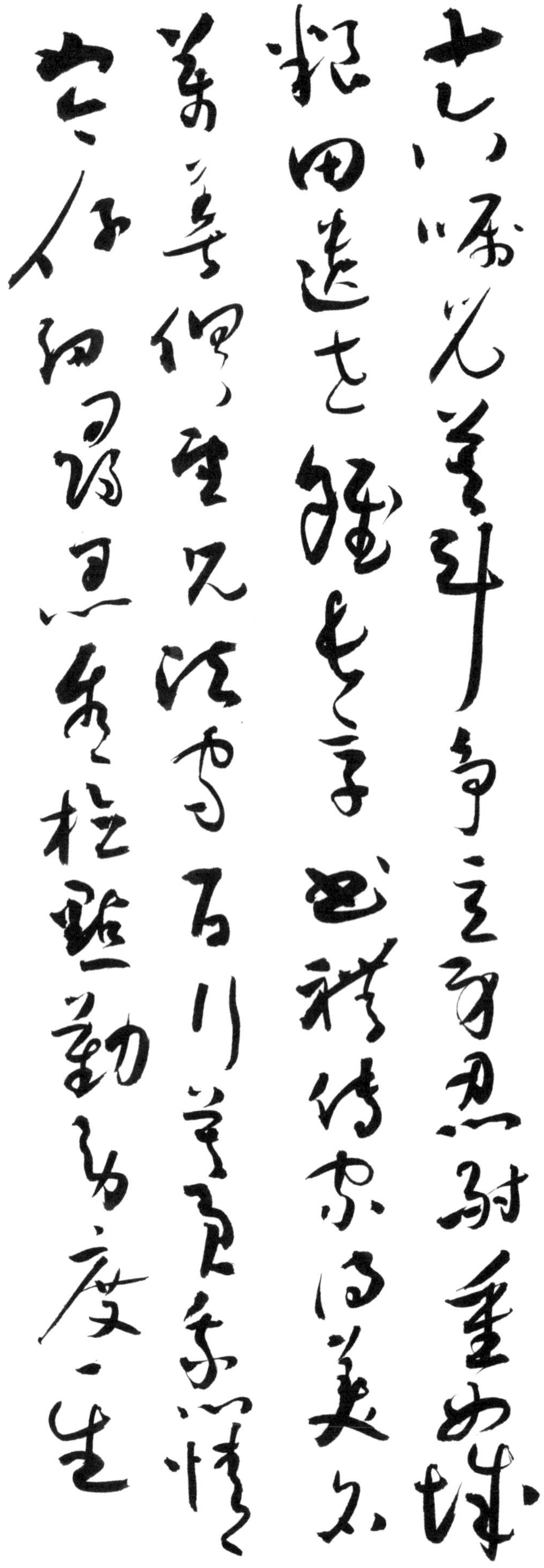

十六嘱儿莫斗争，
立身忍耐重如城。
粮田遗世虽长享，
书礼传家得美名。

万善俱望儿法守，
百行勿负我心情。
如今仔细寻思看，
检点勤劳度一生。

【译文】

十六嘱咐你们对内对外不要斗争，多栽花，少栽棘。修身立业最重要是要有忍耐精神。祖上遗下粮田万顷，虽然可以长久享福，但还须按儒家经典和道德规范世代相传，才可以成为耕读之家，受人尊重。万种善事俱望你们遵纪守法，各种品行不要辜负我对你们的养育之恩。现在你们要三思而行，检查自己的优缺点，谨慎自己的言行举止，再加上勤耕苦读，你们就可以一生平安，代代相传。

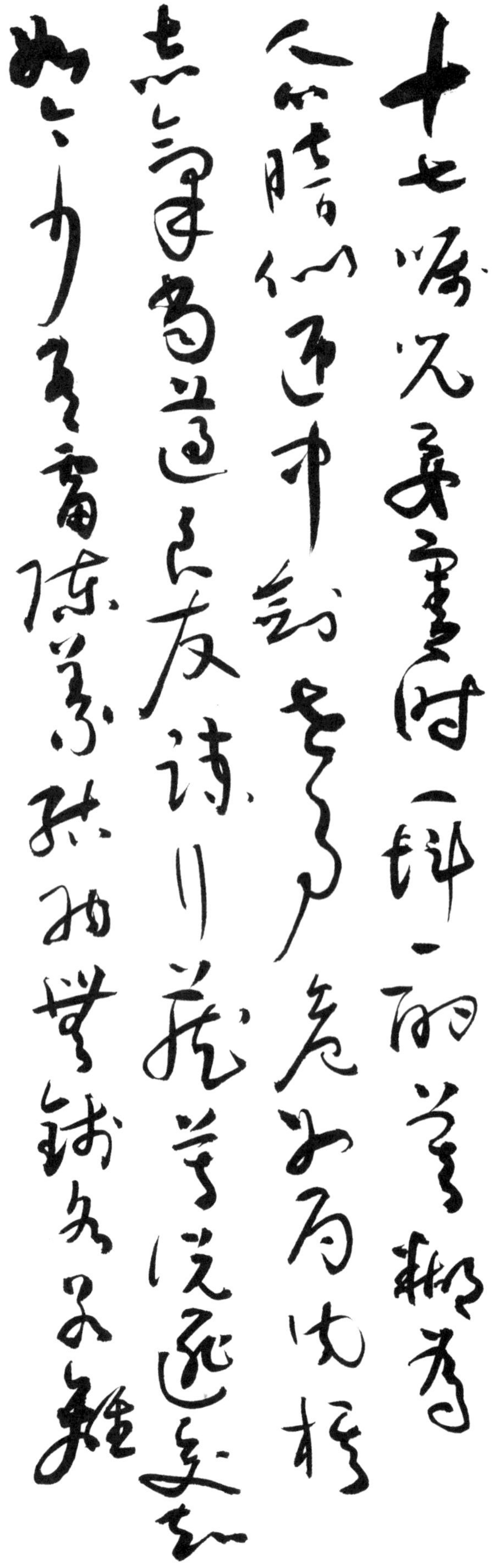

十七嘱儿要审时，
一斟一酌[1]莫糊为。
人心暗似匣中剑，
世事危如局内棋。

志气当遵良友谏，
行藏莫说匪交知。
如今少有雷陈[2]义，
结纳无钱各别离。

【译文】

十七嘱咐你们要详察时令，分析时势，做事要像倒酒一样，倒酒的量或多或少，应考虑清楚，不能任意乱来。因为知人口面不知心，人心暗似剑套内的利刃，世事危如局内棋，变化莫测。你们求上进，除了要有决心、勇气和气概之外，还要遵循有才德而又有助于己的朋友的劝谏，要听从他们的批评和劝告。自己的行迹、出处秘密，不要让品行恶劣的匪徒知道，因为现在很少有雷义、陈重这样讲义气的名士。结交朋友没有钱财最后都会相互离去。

【注释】

① 一斟一酌：倒酒不满曰斟，太过曰酌。

② 雷陈：雷义、陈重，皆为东汉名士，两人为至交密友，时人称颂："胶漆自谓坚，不如雷与陈。"成语"如胶似漆"亦由此而来。

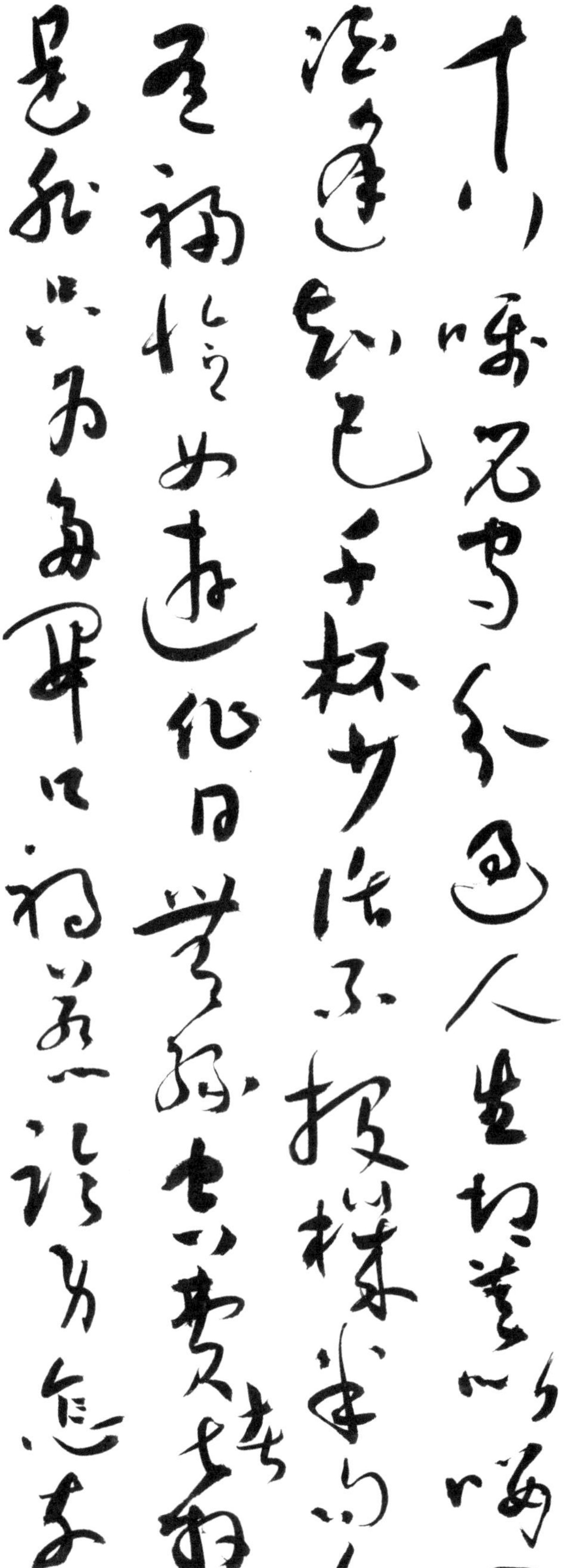

十八嘱儿守分过，
人生世莫似喽啰。
酒逢知己千杯少，
话不投机半句多。

有福恰如游化[1]日，
无缘空费苦奔波。
是非只为多开口，
祸惹临身怎奈何。

【译文】

十八嘱咐你们要安分守己过日子，切莫追随恶人。性情相投的人聚在一起总不厌倦，而彼此心意不同，谈话不能相契干脆就沉默不言。有福气的人就像享受阳光一样自在，无缘无福的人，尽管怎样努力也只能是辛苦之人。正确和错误，经常会因为口舌而导致祸福，故民间有“祸从口出”之名言，如果惹来口舌是非，你们怎么办?

【注释】

① 游化：游方行化，游走各处而教化之。意谓自在、无碍。

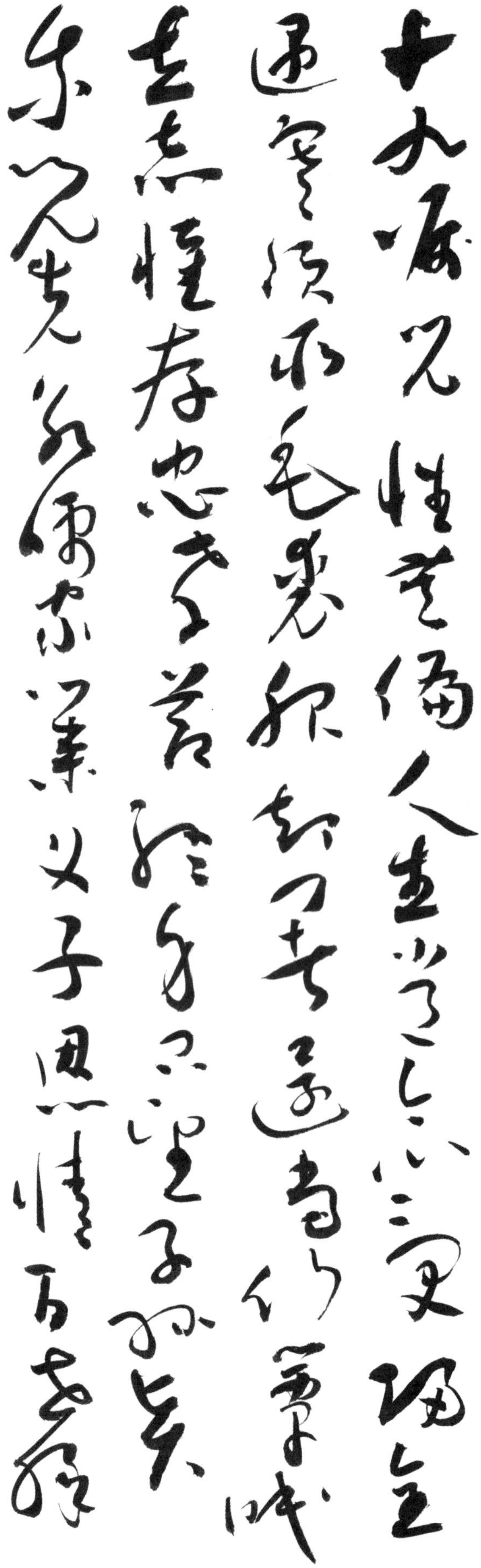

十九嘱儿性莫偏，
人生常念受归全①。
遇寒须取毛裘服，
却暑还当竹簟眠。

立志惟存忠孝节，
终身只望子孙贤。
我儿克永儒家业，
父子恩情百世缘。

【译文】

十九嘱咐你们性格不要偏颇，人生要有感恩之心，这样才不遭灾难，终其天年。遇到寒冷的冬天，你们要用兽皮制作衣服，冬云春来，夏日炎热，你们要选择竹席而眠。你们唯一要保存的是中华传统美德，因为忠、孝、节、义是社会最基础的道德价值观。我终身只望子孙做有德有才的人，希望子孙能够永远继承儒家学说，尤其重视伦理道德，因为父子关系是百世修来的缘分，世世代代不能忘记。

【注释】

① 受归全：身体来自父母，应当爱护。《礼记·祭义》中提及，曾子闻诸夫子曰，天之所生，地之所养，无人为大。父母全而生之，子全而归之，可谓孝矣。不亏其体，不辱其身，可谓全矣。故君子顷步而弗敢忘孝也。

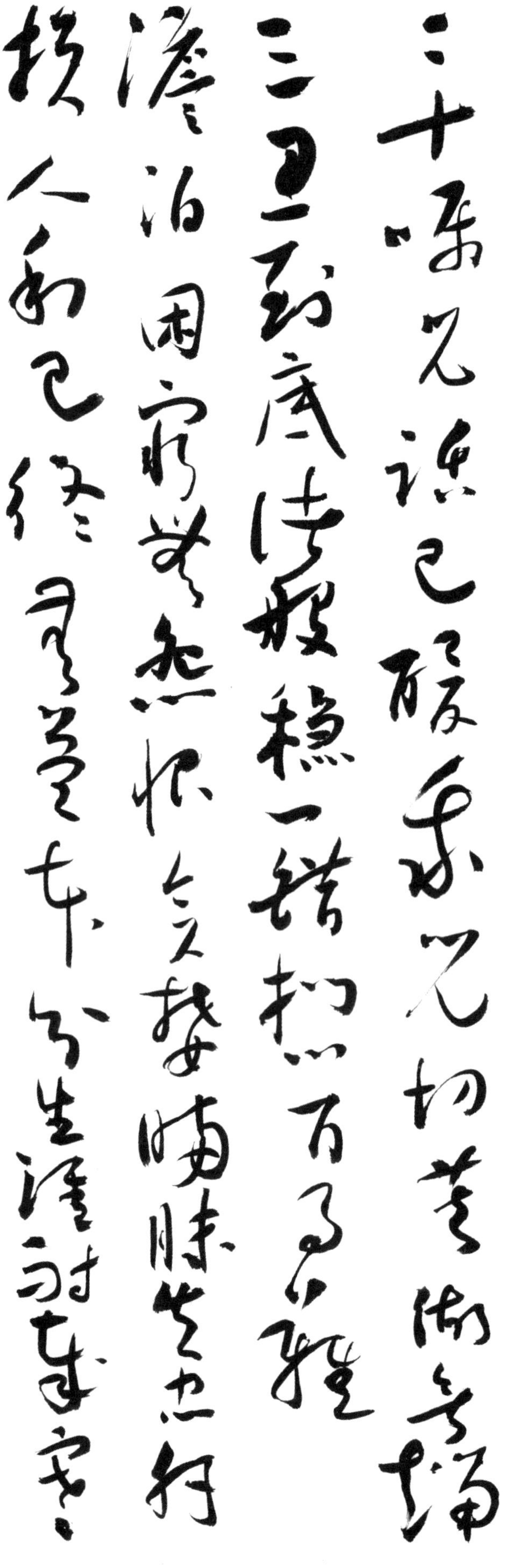

二十嘱儿话已酸，
我儿切莫做无端[①]。
三思到底诸般稳，
一错扪心百事难。

淡泊困穷无怨恨，
贪婪瞒昧失忠肝。
损人利己终无益，
本分生涯耐岁寒。

【译文】

二十嘱咐你们的话已有点寒酸，你们务必不要做那种无缘无故、无始无终或无赖之徒，要反复思量，再三权衡利弊，坚持下去各方面都会稳步前进，如果一不小心做错事，就要抚胸反省，否则干什么都会难于实现预期效果。贪得无厌，隐瞒欺骗，会丢失自己的忠义之心。损人利己的事不要做，因为对别人和自己都无好处。只有安分守己，人生才会像松柏一样岁寒不凋，浩气长存。

【注释】

① 无端：品性不端正。

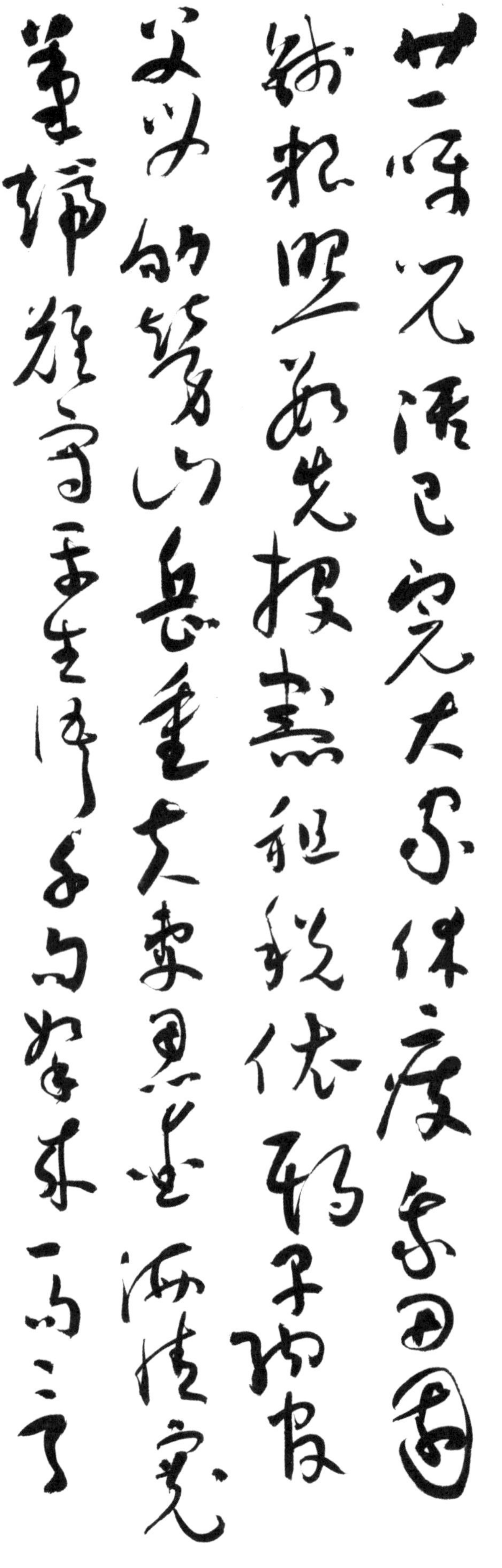

廿一嘱儿话已完，
大家休废我田园。
钱粮照数先投割，
租税依期早纳官①。

父母劬劳山岳重，
夫妻恩爱海情宽。
笔端难写平生语，
千句拿来一句言。

【译文】

廿一嘱咐你们的话已说完，你们不要荒废我遗留下的田地和家园。欠钱欠粮如数及早割断，田租税收按时缴纳。另外，父母养育劬劳比山岳还重，但夫妻恩爱又比海还宽，你们要一碗水端平，处理好相互关系。笔端难写平生教育你们的语言，以上千字家训作为结束之说，切记。

【注释】

① 纳官：向官府交纳谷物。

后 记

小时候，家父要求我临习峭公训子诗，并写成长卷装裱后挂在客厅。千把字的诗文朗朗上口，无意间熟记于心。

出版这本书历时多年，峭公训子诗一直是父子间交流的一个重要载体。其探秘和译注的过程，翻阅经典，乐在其中。而书写却迟迟未能动笔，直到2020年1月5日，确定了以手札的方式来呈现，一气呵成，淋漓尽致。我觉得峭公这些临别赠言的家书，更适合用手札来表达。手札的不经意性更接近于真情流露，王羲之的《兰亭序》、颜真卿的《祭侄文稿》等实际上都属于手札笺稿，比正式的书法作品多了一份天然意境。

据清光绪三年版《黄氏家乘》记载，“凡居江西两广闽浙省者皆公裔也”。我这些年在粤东西北工作，时常遇到同姓宗亲，问之皆知“三妻二十一子”的故事，年长一些的宗亲还能背诵外八句“认宗诗”，闻之亲切无比。但多数都是口口代代相传，文字存件甚少。传承良好家教家风是文化自信的重要路径，出版此书就是为了更方便于诵读家训诗言，传承家风文化。

由于水平有限，还望各路方家批评指正。

黄学佳

2020年春于广州大道中289大院